朱瑞福

朱瑞福是很厲害的游泳選手。因為古怪國山雨小學的游泳校隊是三國裡實力最強的一支游泳隊,所以朱瑞福就轉學到山雨小學訓練。

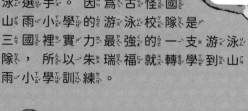

小珍珠

小珍珠是山雨小學的模範生。喜歡畫圖,只要有人生日、受人幫助、有任何值得慶賀的事,她一定會送給對方一張卡片,現在已經變成卡片達人。

怪博士

待在植物園的祕密實驗室裡的白袍蒙面山魈,是專門研究植物生病原因的科學家。

山雨小學2

生氣王子的
瘋狂校外教

賴曉妍×賴馬

他就生氣了！

奇異國的皇宮裡， 艾迪王子的電動小汽車沒有充飽電， 他就生氣了！

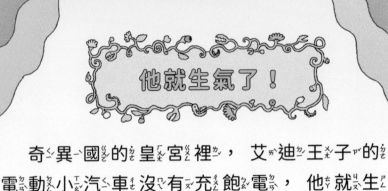

為什麼不是滿格！？

是的是的，王子殿下！我們以後會隨時讓車子充滿電力。

書櫃上， 書本沒有按照高矮順序排列， 他就生氣了！

為什麼沒有排整齊！？

了解了解，王子殿下！我們馬上排好。

餐桌上，奶油蘑菇焗烤麵上面的起司太少，他就生氣了！

為什麼沒有鋪滿!?

好的好的王子殿下！立刻為您重新烤一盤。

花園裡，艾迪發現花叢裡有枯葉，他就生氣了！

沒問題沒問題，王子殿下！我們馬上處理。

艾迪王子很愛生氣，只要一點小事，就能讓他大發脾氣，所以大家也叫他「生氣王子」。

雖然如此，國王認為，艾迪畢竟是一國的王子，就算脾氣不太好，還是得學習獨立。

所以，除了安排他去讀三國最好的學校──「三語學校」，也訓練艾迪許多事，像是自己去皇宮外的巷口買文具、自己去圖書館借書、自己去上學。

今天是星期三， 艾迪每個上學日的行程都一樣。

鬧鐘響

06:50

起床

06:53

07:12 開始吃早餐

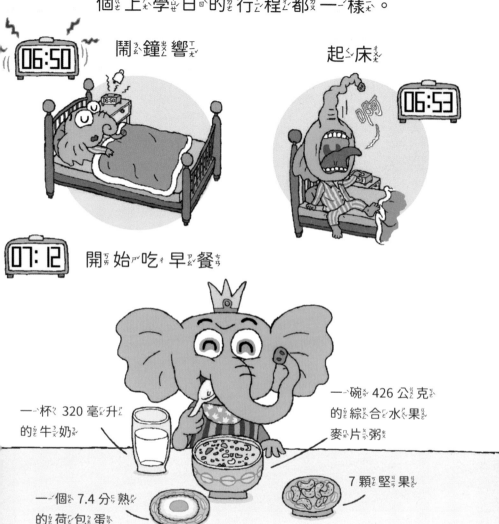

一杯 320 毫升的牛奶

一碗 426 公克的綜合水果麥片粥

一個 7.4 分熟的荷包蛋

7 顆堅果

對了， 因為今天早餐裡的第7 顆堅果缺了一角， 不完美的早餐， 讓他花了 4 分鐘 21 秒發了一頓不小的脾氣。

……

07:46 穿好襪子

07:47 背起書包

百香國

今天也很準時！

08:50 抵達學校

三語學校

山雨小學

古怪國

卡爾號

艾﹅迪﹅去﹅上﹅學﹅，搭﹅乘﹅的﹅是﹅
「卡﹅爾﹅號﹅」。

卡﹅爾﹅號﹅是﹅一﹅列﹅嶄﹅新﹅的﹅小﹅火﹅
車﹅，是﹅目﹅前﹅「環﹅三﹅國﹅鐵﹅路﹅」最﹅重﹅
要﹅的﹅一﹅班﹅列﹅車﹅，自﹅從﹅卡﹅爾﹅的﹅媽﹅媽﹅
退﹅休﹅後﹅，就﹅由﹅他﹅來﹅擔﹅任﹅這﹅項﹅非﹅凡﹅
的﹅任﹅務﹅。

卡ㄎㄚˇ爾ㄦˇ號ㄏㄠˋ
很ㄏㄣˇ準ㄓㄨㄣˇ時ㄕˊ。

「卡ㄎㄚˇ爾ㄦˇ出ㄔㄨ馬ㄇㄚˇ， 使ㄕˇ命ㄇㄧㄥˋ必ㄅㄧˋ達ㄉㄚˊ」 是ㄕˋ卡ㄎㄚˇ
爾ㄦˇ號ㄏㄠˋ響ㄒㄧㄤˇ亮ㄌㄧㄤˋ的ㄉㄜ˙宣ㄒㄩㄢ傳ㄔㄨㄢˊ口ㄎㄡˇ號ㄏㄠˋ。

除ㄔㄨˊ了ㄌㄜ˙載ㄗㄞˋ送ㄙㄨㄥˋ旅ㄌㄩˇ客ㄎㄜˋ， 無ㄨˊ論ㄌㄨㄣˋ是ㄕˋ聖ㄕㄥˋ誕ㄉㄢˋ老ㄌㄠˇ
公ㄍㄨㄥ公ㄍㄨㄥ˙的ㄉㄜ˙禮ㄌㄧˇ物ㄨˋ託ㄊㄨㄛ運ㄩㄣˋ、 三ㄙㄢ隻ㄓ小ㄒㄧㄠˇ豬ㄓㄨ蓋ㄍㄞˋ房ㄈㄤˊ
子ㄗˇ的ㄉㄜ˙建ㄐㄧㄢˋ材ㄘㄞˊ、 小ㄒㄧㄠˇ紅ㄏㄨㄥˊ帽ㄇㄠˋ要ㄧㄠˋ送ㄙㄨㄥˋ給ㄍㄟˇ奶ㄋㄞˇ奶ㄋㄞˇ的ㄉㄜ˙
東ㄉㄨㄥ西ㄒㄧ…… 都ㄉㄡ會ㄏㄨㄟˋ請ㄑㄧㄥˇ卡ㄎㄚˇ爾ㄦˇ載ㄗㄞˋ送ㄙㄨㄥˋ。

今天， 艾迪一樣準時搭上火車。 他喜歡搭火車， 也喜歡所有需要「準時」的事。

艾迪還是個知識控， 他知道很多一般小學生不知道的知識和冷知識。

他一邊說著有關火車的知識， 一邊放好書包， 坐在固定的座位。 艾迪也喜歡所有「固定」的、 規律的事。

艾迪小知識

　　火車是超酷的交通工具！ 是一種在鐵路軌道上行駛的車輛， 通常由好幾個車廂所組成。

　　火車分為多種類型， 包括普通列車、 快速列車、 高速列車等。 火車的能源包括燃煤、 柴油或電力。 其中， 以電力當動力的火車最環保。

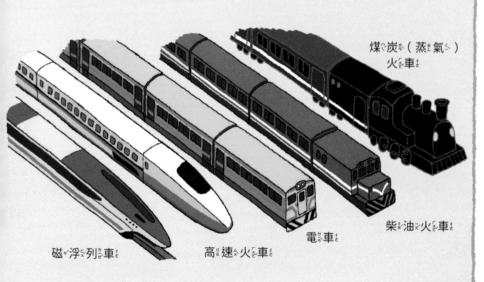

煤炭（蒸氣） 火車

磁浮列車　　　高速火車　　　電車　　　柴油火車

　　火車的速度通常比汽車和公車快， 還能載更多的乘客和貨物。 如果想去遠一點的地方玩， 搭火車絕對是一個很棒的選擇……

一起在奇異站上車的還有朱瑞福，因為他的脖子實在是太 —— 長 —— 了，所以總是坐在有天窗的位子。

火車行駛了 15 分鐘後……

各位旅客，海岸村站，海岸村站到了！

沙哩嘎嘎，
沙哩嘎嘎
逼嚕咕咕！

咪呀嗚哩，
咪呀嗚哩
兜兜哇啦！

到海岸村的旅客，請依序下車。

因為火車路線會跨越三國，所以廣播都會同時播放三國的語言。

火車停靠在海岸村站，豬家的小珍珠每天都會在這一站上車，她是山雨小學的學生。

等了好久，卻沒見到小珍珠上車，大家開始東張西望。

過ㄍㄨㄛˋ了ㄌㄜ˙一ㄧˋ會ㄏㄨㄟˋ兒ㄦ˙， 小ㄒㄧㄠˇ珍ㄓㄣ珠ㄓㄨ才ㄘㄞˊ跌ㄉㄧㄝˊ進ㄐㄧㄣˋ車ㄔㄜ廂ㄒㄧㄤ「唉ㄞ唷ㄛ —— 」袋ㄉㄞˋ子ㄗ˙裡ㄌㄧˇ的ㄉㄜ˙蔬ㄕㄨ菜ㄘㄞˋ、水ㄕㄨㄟˇ果ㄍㄨㄛˇ滾ㄍㄨㄣˇ了ㄌㄜ˙一ㄧˋ地ㄉㄧˋ。 小ㄒㄧㄠˇ珍ㄓㄣ珠ㄓㄨ拎ㄌㄧㄥ著ㄓㄜ˙大ㄉㄚˋ包ㄅㄠ小ㄒㄧㄠˇ包ㄅㄠ， 因ㄧㄣ為ㄨㄟˋ她ㄊㄚ一ㄧˋ大ㄉㄚˋ清ㄑㄧㄥ早ㄗㄠˇ， 又ㄧㄡˋ到ㄉㄠˋ市ㄕˋ場ㄔㄤˇ幫ㄅㄤ奶ㄋㄞˇ奶ㄋㄞˇ買ㄇㄞˇ菜ㄘㄞˋ了ㄌㄜ˙。

這ㄓㄜˋ時ㄕˊ， 小ㄒㄧㄠˇ火ㄏㄨㄛˇ車ㄔㄜ播ㄅㄛ放ㄈㄤˋ一ㄧˋ段ㄉㄨㄢˋ廣ㄍㄨㄤˇ播ㄅㄛ：

小ㄒㄧㄠˇ珍ㄓㄣ珠ㄓㄨ同ㄊㄨㄥˊ學ㄒㄩㄝˊ的ㄉㄜ˙水ㄕㄨㄟˇ果ㄍㄨㄛˇ掉ㄉㄧㄠˋ了ㄌㄜ˙， 請ㄑㄧㄥˇ大ㄉㄚˋ家ㄐㄧㄚ幫ㄅㄤ忙ㄇㄤˊ撿ㄐㄧㄢˇ起ㄑㄧˇ來ㄌㄞˊ， 撿ㄐㄧㄢˇ完ㄨㄢˊ我ㄨㄛˇ們ㄇㄣ˙再ㄗㄞˋ開ㄎㄞ車ㄔㄜ喔ㄛ！

唉ㄞ唷ㄛ！

不ㄅㄨˋ好ㄏㄠˇ意ㄧˋ思ㄙ˙， 請ㄑㄧㄥˇ大ㄉㄚˋ家ㄐㄧㄚ幫ㄅㄤ我ㄨㄛˇ把ㄅㄚˇ東ㄉㄨㄥ西ㄒㄧ找ㄓㄠˇ回ㄏㄨㄟˊ來ㄌㄞˊ。

聽ㄊㄧㄥ見ㄐㄧㄢˋ廣ㄍㄨㄤˇ播ㄅㄛ， 艾ㄞˋ迪ㄉㄧˊ立ㄌㄧˋ刻ㄎㄜˋ站ㄓㄢˋ起ㄑㄧˇ來ㄌㄞˊ幫ㄅㄤ忙ㄇㄤˊ。 他ㄊㄚ一ㄧˋ邊ㄅㄧㄢ生ㄕㄥ氣ㄑㄧˋ， 一ㄧˋ邊ㄅㄧㄢ幫ㄅㄤ忙ㄇㄤˊ。

「超過停靠的時間了啦！ 超過15秒⋯⋯ 超過32秒⋯⋯ 超過57秒⋯⋯ 超過1分16秒⋯⋯ 」

他嘴裡碎唸個不停， 但是就算再愛生氣、 再討厭不準時， 艾迪王子依舊是個紳士。

最後，他花了3分45秒，找回所有的蔬菜水果，艾迪幫忙把小珍珠手上的袋子接了過來，整齊的擺在車廂的行李置物架上。

小珍珠坐好後，拿出色筆和紙張，唰唰唰唰　　　　非常專心的低頭　　　　　　寫字和畫圖。

幾分鐘後……　「艾迪王子，謝謝你的幫忙！」她走到艾迪的座位，送給他一張卡片。

艾迪接過卡片，手指搓了搓紙張。「是手抄紙，長 10 公分寬 15 公分，保留了麻紙漿的天然邊緣……」

天然麻原料是芭蕉屬植物，具有肌理的表面效果，讓紙張的手感更顯質樸。

雖然可以用於一般列印，但這張卡片使用的是平價的色筆，一筆一劃寫成的……

他有點害羞，又有點生氣自己竟然害羞的說：「這種卡片……我還是第一次收到……」

艾迪手捏著感謝卡，打開車窗，看著窗外飛逝的風景，讓風吹散自己感動的情緒，艾迪竟然沉沉的睡著了。

可能是因為， 從起床到上學，
他已經生了太多氣。 睡過了小
鎮、 睡過了青青草原、 睡過了黑
漆漆的山洞、 睡過了跨海大橋，
也睡過了原本要下車的「三語學
校」。 最後， 艾迪一路睡到了終
點站。

各位旅客， 終點站山雨小
學， 終點站山雨小學到了！

咪嘻哈， 哈咕， 唧唧哇
啦嘟嚕米米！ 沙沙哩呱，
嗚啦麥， 絲哇哇嗚嗟啦！
請旅客依序下車。

火車到站，艾迪終於醒了。他揉揉眼睛，背起書包，迷迷糊糊的走下車。

沒想到，艾迪一下車，就被包圍了。一群人七嘴八舌的談論：

哇！你的書包好棒！

這是高級手工書包，一年只生產三個。

你的制服好帥啊！

這是限量訂製款，只有皇家紡織工坊才做得出來。

你看起來好聰明喔！

沒錯，我是真的很聰明。

你懂植物嗎？我們今天校外教學要去植物園喔！

那是當然啦！其實我可以說是植物專家。

　　原來，這些熱情群眾，是山雨小學的學生。今天校外教學日，車站是集合地點。

　　正當一片混亂時，艾迪從人群中，看見了一個熟人，是百香國的愛咪公主。

愛咪也同時看見艾迪， 她跑過去牽著艾迪， 大聲說：

同學們！
這是我的好
朋友艾迪，

我們邀請他
一起去校外
教學好嗎？

愛咪
公主？！

「我堂堂奇異國的王子， 哪是你們說邀請就能邀請的呢？ 」艾迪心想， 嘴裡卻說：

那好吧， 看在大家這麼期待的份上， 我就跟你們一起去好了， 我可以順便研究植物。

22

好ㄨㄚ哇！

一一ㄑ起ㄑ去ㄑ！

一一ㄑ起ㄑ去ㄑ！

好ㄏㄠ耶ㄝ！

山ㄕㄢ雨ㄩ小ㄒㄧㄠ學ㄒㄩㄝ的ㄉㄜ大ㄉㄚ家ㄐㄧㄚ，
一一ㄑ起ㄑ鼓ㄍㄨ掌ㄓㄤ歡ㄏㄨㄢ呼ㄏㄨ。

同 一 時 間

三ㄙㄢ語ㄩ學ㄒㄩㄝ校ㄒㄧㄠ的ㄉㄜ老ㄌㄠ師ㄕ打ㄉㄚ電ㄉㄧㄢ話ㄏㄨㄚ到ㄉㄠ
奇ㄑㄧ異ㄧ國ㄍㄨㄛ皇ㄏㄨㄤ宮ㄍㄨㄥ，詢ㄒㄩㄣ問ㄨㄣ艾ㄞ迪ㄉㄧ王ㄨㄤ子ㄗ
為ㄨㄟ什ㄕㄣ麼ㄇㄜ沒ㄇㄟ到ㄉㄠ校ㄒㄧㄠ。

老ㄌㄠ師ㄕ，很ㄏㄣ抱ㄅㄠ歉ㄑㄧㄢ！我ㄨㄛ們ㄇㄣ剛ㄍㄤ
剛ㄍㄤ才ㄘㄞ得ㄉㄜ知ㄓ，王ㄨㄤ子ㄗ他ㄊㄚ今ㄐㄧㄣ天ㄊㄧㄢ
計ㄐㄧ劃ㄏㄨㄚ到ㄉㄠ植ㄓ物ㄨ園ㄩㄢ研ㄧㄢ究ㄐㄧㄡ植ㄓ
物ㄨ，自ㄗ主ㄓㄨ學ㄒㄩㄝ習ㄒㄧ一一ㄊㄧㄢ天喔ㄛ！

知ㄓ道ㄉㄠ艾ㄞ迪ㄉㄧ坐ㄗㄨㄛ過ㄍㄨㄛ站ㄓㄢ、臨ㄌㄧㄣ時ㄕ決ㄐㄩㄝ定ㄉㄧㄥ去ㄑㄩ
植ㄓ物ㄨ園ㄩㄢ的ㄉㄜ皇ㄏㄨㄤ宮ㄍㄨㄥ管ㄍㄨㄢ家ㄐㄧㄚ連ㄌㄧㄢ忙ㄇㄤ解ㄐㄧㄝ釋ㄕ。

這個時候，健康課兼自然課老師大熊先生遠遠的喊著：

同學們！快過來集合！

我們要出發嘍！

大熊先生對於艾迪的出現並不覺得奇怪。畢竟，山雨小學大多數的學生都是古怪國居民的孩子，要認出每一個學生，實在太困難了。

是記性太差吧！

山雨小學的學生和老師們，一起搭上一輛公車。公車司機，正是小珍珠的叔叔。

早安叔叔！

小ㄒㄧㄠˇ珍ㄓㄣ珠ㄓㄨ把ㄅㄚˇ幫ㄅㄤ奶ㄋㄞˇ奶ㄋㄞ從ㄘㄨㄥˊ市ㄕˋ場ㄔㄤˇ買ㄇㄞˇ來ㄌㄞˊ的ㄉㄜ菜ㄘㄞˋ交ㄐㄧㄠ給ㄍㄟˇ叔ㄕㄨ叔ㄕㄨ， 叔ㄕㄨˊ叔ㄕㄨ的ㄉㄜ公ㄍㄨㄥ車ㄔㄜ會ㄏㄨㄟˋ繞ㄖㄠˋ回ㄏㄨㄟˊ海ㄏㄞˇ岸ㄢˋ村ㄘㄨㄣ豬ㄓㄨ家ㄐㄧㄚ附ㄈㄨˋ近ㄐㄧㄣˋ， 豬ㄓㄨ奶ㄋㄞˇ奶ㄋㄞ只ㄓˇ要ㄧㄠˋ去ㄑㄩˋ公ㄍㄨㄥ車ㄔㄜ站ㄓㄢˋ牌ㄆㄞˊ等ㄉㄥˇ著ㄓㄜ就ㄐㄧㄡˋ可ㄎㄜˇ以ㄧˇ了ㄌㄜ。

先ㄒㄧㄢ搭ㄉㄚ半ㄅㄢˋ小ㄒㄧㄠˇ時ㄕˊ的ㄉㄜ車ㄔㄜ， 再ㄗㄞˋ走ㄗㄡˇ一ㄧ段ㄉㄨㄢˋ路ㄌㄨˋ， 就ㄐㄧㄡˋ能ㄋㄥˊ抵ㄉㄧˇ達ㄉㄚˊ校ㄒㄧㄠˋ外ㄨㄞˋ教ㄐㄧㄠˋ學ㄒㄩㄝˊ的ㄉㄜ目ㄇㄨˋ的ㄉㄜ地ㄉㄧˋ： 「 皇ㄏㄨㄤˊ家ㄐㄧㄚ植ㄓˊ物ㄨˋ園ㄩㄢˊ 」 。

皇家植物園現場轉播

皇ㄏㄨㄤˊ家ㄐㄧㄚ植ㄓˊ物ㄨˋ園ㄩㄢˊ的ㄉㄜ園ㄩㄢˊ長ㄓㄤˇ， 為ㄨㄟˋ了ㄌㄜ公ㄍㄨㄥ主ㄓㄨˇ的ㄉㄜ蒞ㄌㄧˋ臨ㄌㄧㄣˊ， 特ㄊㄜˋ地ㄉㄧˋ把ㄅㄚˇ園ㄩㄢˊ裡ㄌㄧˇ的ㄉㄜ植ㄓˊ物ㄨˋ都ㄉㄡ整ㄓㄥˇ理ㄌㄧˇ了ㄌㄜ一ㄧ番ㄈㄢ， 步ㄅㄨˋ道ㄉㄠˋ上ㄕㄤˋ鋪ㄆㄨ著ㄓㄜ新ㄒㄧㄣ的ㄉㄜ白ㄅㄞˊ色ㄙㄜˋ石ㄕˊ子ㄗ。 「 皇ㄏㄨㄤˊ家ㄐㄧㄚ植ㄓˊ物ㄨˋ園ㄩㄢˊ 」 的ㄉㄜ金ㄐㄧㄣ色ㄙㄜˋ門ㄇㄣˊ牌ㄆㄞˊ上ㄕㄤˋ還ㄏㄞˊ鑲ㄒㄧㄤ著ㄓㄜ鑽ㄗㄨㄢˋ石ㄕˊ與ㄩˇ寶ㄅㄠˇ石ㄕˊ。

皇家植物園

晴朗的天氣，很適合郊遊。大家唱著歌、快樂的走著。

好生氣！好生氣！快噴火了喔！喔！喔！
你讓一步我一步，快樂天使又回來。

註：這首曲子為〈不生氣魔法歌〉，出自《生氣王子》一書

數學老師樹懶小姐負責看地圖和指路。但因為樹懶小姐的動作太慢，好幾次走在前面的大家已經轉錯彎，她才慢慢的指出正確的方向。

最後，山雨小學的老師和學生在一扇老舊生鏽的鐵門前停下腳步。

華麗氣派的鐵門上方有塊牌子，但因為生鏽得太嚴重，已經看不出來寫的是什麼字。

曾經去過皇家植物園的大熊先生，看著植物園的大門，忽然感覺有點奇怪。

咦～？門好像變了？

公園的圍牆，是爬滿藤蔓的磚牆。圍牆裡的植物，看起來因為缺乏整理而長出牆外，就像對著外面招手。大家看著這座奇特的植物園，忍不住好奇的探頭探腦。

啊ㄚ！

鎖ㄙㄨㄛˇ住ㄓㄨˋ了ㄌㄜ！

大ㄉㄚˋ熊ㄒㄩㄥˊ先ㄒㄧㄢ生ㄕㄥ用ㄩㄥˋ力ㄌㄧˋ扯ㄔㄜˇ了ㄌㄜ扯ㄔㄜˇ被ㄅㄟˋ粗ㄘㄨ鐵ㄊㄧㄝˇ鏈ㄌㄧㄢˋ拴ㄕㄨㄢ著ㄓㄜ的ㄉㄜ鐵ㄊㄧㄝˇ門ㄇㄣˊ， 巨ㄐㄩˋ大ㄉㄚˋ的ㄉㄜ鎖ㄙㄨㄛˇ頭ㄊㄡˊ哐ㄎㄨㄤ噹ㄉㄤ哐ㄎㄨㄤ噹ㄉㄤ哐ㄎㄨㄤ噹ㄉㄤ響ㄒㄧㄤˇ。

ㄎㄨㄤ噹ㄉㄤ！

ㄎㄨㄤ噹ㄉㄤ！

愛ㄞˋ咪ㄇㄧ公ㄍㄨㄥ主ㄓㄨˇ也ㄧㄝˇ拉ㄌㄚ了ㄌㄜ拉ㄌㄚ鐵ㄊㄧㄝˇ門ㄇㄣˊ， 發ㄈㄚ出ㄔㄨ「ㄍㄚ——ㄍㄚ——ㄍㄚ——ㄍㄚ——」 刺ㄘˋ耳ㄦˇ的ㄉㄜ聲ㄕㄥ響ㄒㄧㄤˇ。

進ㄐㄧㄣˋ不ㄅㄨˋ了ㄌㄧㄠˇ植ㄓˊ物ㄨˋ園ㄩㄢˊ，眼ㄧㄢˇ看ㄎㄢˋ她ㄊㄚ又ㄧㄡˋ要ㄧㄠˋ哭ㄎㄨ了ㄌㄜ。愛ㄞˋ哭ㄎㄨ公ㄍㄨㄥ主ㄓㄨˇ一ㄧ邊ㄅㄧㄢ紅ㄏㄨㄥˊ著ㄓㄜ眼ㄧㄢˇ眶ㄎㄨㄤ，一ㄧ邊ㄅㄧㄢ華ㄏㄨㄚˊ麗ㄌㄧˋ轉ㄓㄨㄢˇ圈ㄑㄩㄢ，展ㄓㄢˇ示ㄕˋ她ㄊㄚ的ㄉㄜ新ㄒㄧㄣ洋ㄧㄤˊ裝ㄓㄨㄤ。

噴ㄆㄣ火ㄏㄨㄛˇ龍ㄌㄨㄥˊ阿ㄚ古ㄍㄨˇ力ㄌㄧˋ是ㄕˋ愛ㄞˋ咪ㄇㄧ的ㄉㄜ好ㄏㄠˇ朋ㄆㄥˊ友ㄧㄡˇ，他ㄊㄚ也ㄧㄝˇ急ㄐㄧˊ了ㄌㄜ，於ㄩˊ是ㄕˋ激ㄐㄧ動ㄉㄨㄥˋ的ㄉㄜ噴ㄆㄣ出ㄔㄨ大ㄉㄚˋ火ㄏㄨㄛˇ。鐵ㄊㄧㄝˇ門ㄇㄣˊ被ㄅㄟˋ大ㄉㄚˋ火ㄏㄨㄛˇ烤ㄎㄠˇ得ㄉㄜ紅ㄏㄨㄥˊ通ㄊㄨㄥ通ㄊㄨㄥ的ㄉㄜ，大ㄉㄚˋ家ㄐㄧㄚ更ㄍㄥˋ不ㄅㄨˋ敢ㄍㄢˇ摸ㄇㄛ了ㄌㄜ。

這下子，愛哭公主更難過了，她站著哭、坐著哭、躺著哭、滾來滾去一直哭⋯⋯

正當所有人都不知道該怎麼辦時，聰明的艾迪，突然想到一個好方法。他跟朱瑞福商量，請他伸直長長的脖子，讓大家爬過圍牆。

於是，山雨小學的全體師生，一個接著一個，爬上朱瑞福的脖子，再拉住伸出圍牆的樹枝，越過圍牆。

跳進植物園的他們，站起來把身上的泥土和葉子拍乾淨，再把掉落的背包和餐袋撿回來，才終於有時間好好的觀察四周。

小珍珠不忘給朱瑞福寫了一張卡片，再摺成紙飛機射向圍牆外。

親愛的恩福同學
謝謝你幫助大家
爬過水井
有你真好！
　　小珍珠敬上

這個方法明明是我想到的！

艾迪沒有忘記強調自己的聰明才智。

卡卡娜植物園

進入植物園的大家，像是突然掉進另一個星球一樣充滿好奇，沒人有空理會生氣的王子。

皇家公園是遙遠國度的女皇贈送給三國的禮物，裡面種著許多稀奇珍貴的植物，

一到公園，大熊先生開始認真的為學生們導覽。

經過園藝設計師的巧妙安排，一年四季都盛開著花朵，是全三國規模最大、植物種類最多的植物園……

但是，大家滿頭問號，這裡一點也不像老師形容的那樣啊！植物園裡的步道，幾乎被雜草淹沒。遊樂場的器材上，也爬滿藤蔓。

植物把遊樂
場的鞦韆、滑梯、
蹺蹺板，裝飾成自
然卻奇特的樣子。
涼亭被一層又一層的
落葉蓋住，就像一塊
巨大的千層派……

這個地方不太像一般的植物
園，比較像是一座要吸引小
精靈來玩的童話花園。

雙胞胎兄弟吉拉和普拉拿出背包裡的跳跳糖，邊走邊吃。

沒想到，不知道從哪裡「飛」來幾株怪花，像廣場上的鴿子一樣，停在弟弟普拉的手掌上，啄著跳跳糖。奇怪的是，才啄了幾下，突然又恢復原本植物的樣子。

哥哥吉拉揉揉眼睛，還以為是自己眼花了。

聰明的艾迪王子說：

這個公園的植物，好像得了一種傳說中的「動物病」……

得了「動物病」的植物，會出現動物的行為或特徵……或是發出動物的叫聲。

但是，沒有人把艾迪的話聽進去，大家都被眼前充滿神祕氣息的景象深深吸引。

38

閃閃發光的霧氣環繞著枝葉茂密的樹林， 樹葉被風吹動時像綠色的海浪。樹幹上掛著各種不同的藤蔓， 像一道道彩繪線條。

細軟的苔蘚， 緩慢的在石頭上蔓延， 陽光灑落時，折射出奇異的螢光黃綠色。所有植物都充滿生命力。

他們甚至還發現一座香草園。

「羅勒、薄荷、薰衣草、迷迭香、百里香……」除了有豐富的動物知識，艾迪還認識每一種香草。各式各樣的香草，因為太久沒有採收，已經足夠供給整個城市的餐廳使用。

如果它們沒有長出牙齒和毛髮、最後還突然一起大合唱的話……

　　小_{ㄒㄧㄠˇ}珍_{ㄓㄣ}珠_{ㄓㄨ}突_{ㄊㄨ}然_{ㄖㄢˊ}蹲_{ㄉㄨㄣ}下_{ㄒㄧㄚˋ}來_{ㄌㄞˊ}，低_{ㄉㄧ}頭_{ㄊㄡˊ}看_{ㄎㄢˋ}腳_{ㄐㄧㄠˇ}邊_{ㄅㄧㄢ}幾_{ㄐㄧˇ}朵_{ㄉㄨㄛˇ}彩_{ㄘㄞˇ}色_{ㄙㄜˋ}蘑_{ㄇㄛˊ}菇_{ㄍㄨ}。胖_{ㄆㄤˋ}胖_{ㄆㄤˋ}的_{ㄉㄜ}蘑_{ㄇㄛˊ}菇_{ㄍㄨ}頭_{ㄊㄡˊ}，上_{ㄕㄤˋ}面_{ㄇㄧㄢˋ}有_{ㄧㄡˇ}著_{ㄓㄜ}圓_{ㄩㄢˊ}圓_{ㄩㄢˊ}的_{ㄉㄜ}斑_{ㄅㄢ}點_{ㄉㄧㄢˇ}。

　　她_{ㄊㄚ}一_ㄧ邊_{ㄅㄧㄢ}心_{ㄒㄧㄣ}想_{ㄒㄧㄤˇ}：「我_{ㄨㄛˇ}要_{ㄧㄠˋ}摘_{ㄓㄞ}幾_{ㄐㄧˇ}朵_{ㄉㄨㄛˇ}回_{ㄏㄨㄟˊ}家_{ㄐㄧㄚ}，給_{ㄍㄟˇ}奶_{ㄋㄞˇ}奶_{ㄋㄞˇ}煮_{ㄓㄨˇ}奶_{ㄋㄞˇ}油_{ㄧㄡˊ}蘑_{ㄇㄛˊ}菇_{ㄍㄨ}濃_{ㄋㄨㄥˊ}湯_{ㄊㄤ}。」一_ㄧ邊_{ㄅㄧㄢ}伸_{ㄕㄣ}手_{ㄕㄡˇ}扭_{ㄋㄧㄡˇ}了_{ㄌㄜ}一_ㄧ下_{ㄒㄧㄚˋ}蘑_{ㄇㄛˊ}菇_{ㄍㄨ}。沒_{ㄇㄟˊ}想_{ㄒㄧㄤˇ}到_{ㄉㄠˋ}蘑_{ㄇㄛˊ}菇_{ㄍㄨ}居_{ㄐㄩ}然_{ㄖㄢˊ}張_{ㄓㄤ}開_{ㄎㄞ}嘴_{ㄗㄨㄟˇ}巴_{ㄅㄚ}，破_{ㄆㄛˋ}口_{ㄎㄡˇ}大_{ㄉㄚˋ}罵_{ㄇㄚˋ}：

啊 啊 啊

剛吹好的
髮型都弄
亂了啦！

太可惡了，
不可原諒！

蘑菇們氣得全身發抖，
最後幾乎尖叫起來。

小珍珠嚇壞了，
用最快的速度畫
了一張卡片，
丟給蘑菇，
然後慌慌張
張的逃走了。

親愛的蘑菇：
真的很抱歉
對你們做出
這麼無心的舉
動，在此表達
我真誠的歉意
小珍珠

42

小_{ㄒㄧㄠˇ}珍_{ㄓㄣ}珠_{ㄓㄨ}的_{ㄉㄜ˙}道_{ㄉㄠˋ}歉_{ㄑㄧㄢˋ}卡_{ㄎㄚˇ}片_{ㄆㄧㄢˋ}，
沒_{ㄇㄟˊ}有_{ㄧㄡˇ}半_{ㄅㄢˋ}點_{ㄉㄧㄢˇ}作_{ㄗㄨㄛˋ}用_{ㄩㄥˋ}。

尖_{ㄐㄧㄢ}叫_{ㄐㄧㄠˋ}的_{ㄉㄜ˙}蘑_{ㄇㄛˊ}菇_{ㄍㄨ}越_{ㄩㄝˋ}長_{ㄓㄤˇ}越_{ㄩㄝˋ}大_{ㄉㄚˋ}，
旁_{ㄆㄤˊ}邊_{ㄅㄧㄢ}還_{ㄏㄞˊ}冒_{ㄇㄠˋ}出_{ㄔㄨ}幾_{ㄐㄧˇ}朵_{ㄉㄨㄛˇ}更_{ㄍㄥˋ}大_{ㄉㄚˋ}的_{ㄉㄜ˙}蘑_{ㄇㄛˊ}菇_{ㄍㄨ}，
大_{ㄉㄚˋ}蘑_{ㄇㄛˊ}菇_{ㄍㄨ}上_{ㄕㄤˋ}面_{ㄇㄧㄢˋ}再_{ㄗㄞˋ}長_{ㄓㄤˇ}出_{ㄔㄨ}小_{ㄒㄧㄠˇ}蘑_{ㄇㄛˊ}菇_{ㄍㄨ}，

小_{ㄒㄧㄠˇ}蘑_{ㄇㄛˊ}菇_{ㄍㄨ}上_{ㄕㄤˋ}面_{ㄇㄧㄢˋ}又_{ㄧㄡˋ}生_{ㄕㄥ}出_{ㄔㄨ}
無_{ㄨˊ}數_{ㄕㄨˋ}朵_{ㄉㄨㄛˇ}迷_{ㄇㄧˊ}你_{ㄋㄧˇ}蘑_{ㄇㄛˊ}菇_{ㄍㄨ}……

同時，愛咪公主為了摘下樹上的花，努力的彈跳了十幾次後，終於摘到一朵花了。

吐柏！

好漂亮的花呀！我要帶回去，讓母后插在皇家古董花瓶裡！

沒想到，被折斷樹枝的瞬間，樹哭了。

哇！！

站著哭

坐著哭

躺著哭

滾來滾去一直哭

哇！

嗚！哇！

哇！

哇！哇！

44

情緒崩潰的樹，揮舞著樹枝，葉子掉了一地。

原來，這棵樹會模仿摘花的人啊！這讓愛咪有點尷尬。

不要亂攀折花木比較好吧！

呃⋯⋯好⋯⋯

可惜，已經太遲了。瘋狂的樹和尖叫蘑菇，開始朝著他們逼近。

終於，這時候，
朱瑞福背著樹懶
小姐趕到了！

……這……裡……
不……是！！……
……皇……家
公……園！

是……危險！……
……的 卡卡……娜
植……物 園！

還沒等樹懶小姐說完，樹藤就
纏住了她。樹懶小姐很慢的大喊：

救……

……命……

……啊！！……

噴ㄣ火ㄏㄨㄛˇ龍ㄌㄨㄥˊ阿ㄚ古ㄍㄨˇ力ㄌㄧˋ朝ㄔㄠˊ著ㄓㄜ˙樹ㄕㄨˋ藤ㄊㄥˊ噴ㄣ火ㄏㄨㄛˇ，

救ㄐㄧㄡˋ下ㄒㄧㄚˋ了ㄌㄜ˙可ㄎㄜˇ憐ㄌㄧㄢˊ的ㄉㄜ˙樹ㄕㄨˋ懶ㄌㄢˇ小ㄒㄧㄠˇ姐ㄐㄧㄝˇ。

一ㄧ回ㄏㄨㄟˊ頭ㄊㄡˊ，只ㄓˇ見ㄐㄧㄢˋ樹ㄕㄨˋ藤ㄊㄥˊ竟ㄐㄧㄥˋ然ㄖㄢˊ拔ㄅㄚˊ腿ㄊㄨㄟˇ逃ㄊㄠˊ走ㄗㄡˇ了ㄌㄜ˙！

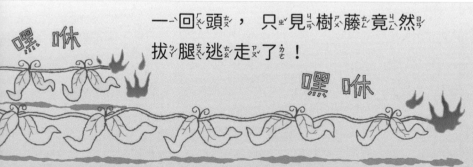

朱ㄓㄨ瑞ㄖㄨㄟˋ福ㄈㄨˊ拿ㄋㄚˊ起ㄑㄧˇ身ㄕㄣ邊ㄅㄧㄢ的ㄉㄜ˙澆ㄐㄧㄠ花ㄏㄨㄚ水ㄕㄨㄟˇ管ㄍㄨㄢˇ試ㄕˋ著ㄓㄜ˙救ㄐㄧㄡˋ火ㄏㄨㄛˇ。

噴灑出來的水，
卻讓植物長得更快
速，幾乎塞滿了整
座植物園。

49

大熊先生用力揮舞旗子，指揮大家疏散時。樹叢裡卻突然衝出一頭綠色怪獸！啊不！樹叢就是怪獸！一口把他⋯⋯
給吞了！

好不容易，
大家才合力從樹
叢的「嘴巴」裡，
把大熊先生救了出來。

植物園的景色劇烈變化，藤蔓像一條條的蟒蛇那樣到處亂爬，枝葉像海浪四處拍打，一朵朵彩色蘑菇像煙火般炸開。

長毛的植物、長牙齒的植物、吱吱喳喳亂叫的植物、像動物的植物，全部傾巢而出！

山雨小學的大家都嚇呆了，腳就像被種在地上一般無法動彈，嘴巴張得大大的，合不起來。

就在最危急的時刻，眼看他們即將被植物大軍淹沒，一個白色人影朝著他們招手、大聲叫喊：

快！快！快躲來這裡！

他們沒時間多想，只能拚命的按照白影人指示的方向跑去。

愛哭公主邊哭邊跑、 阿古力邊
噴火邊跑、 艾迪邊跑邊計算逃跑
的時速、 吉拉和普拉的跳跳糖都
撒了出來、 小珍珠第一次
來不及寫道歉
卡片。

樹懶小姐攀在朱瑞
福脖子上、 大熊先生
抱著其他體型比較小
的學生……

小木屋實驗室的怪博士

最後，山雨小學的老師和學生們，跑進一間小木屋。

大家慌忙逃進屋後，白影人趕緊把門緊緊關上。

呼！好險！

這些植物太有活力了吧！

這是植物園還是野生動物園呀？

剛剛是在演動作片嗎？

大家驚呼連連又氣喘吁吁，這時才近距離看清楚，原來白影人是一位穿著白袍的彩面山魈。

他有一頭蓬亂的灰白色頭髮，雖然看起來懶得整理外表，雙眼卻炯炯有神。

55

這個人該不會是愛因斯坦的粉絲吧？

被譽為「現代物理學之父」的**阿爾伯特・愛因斯坦**（Albert Einstein），發表了廣義相對論，曾獲得諾貝爾物理學獎，是 20 世紀最重要的科學家之一，他的科學成就使得「愛因斯坦」成為「天才」的同義詞。

怪博士向大家打招呼，然後簡單的自我介紹。

大家好！
你們可以叫我怪博士……

科學家拯救卡卡娜植物園

〔記者滿倉麻專題報導〕由魯斯、茶茶頓、力里和喀娜科學家組成的研究團隊昨日抵達卡卡娜植物園。

多年前，他還是一個年輕的科學家時，三國合力找來許多專家組成團隊，希望拯救生病的卡卡娜植物園。

後來，經過許多年，一直找不到解決的辦法，所以計畫停止了，所有的科學家都離開植物園，只有怪博士實在不甘心，非要找出原因不可。

於是他躲藏在植物園角落裡的這間小木屋裡，繼續做實驗，相信總有一天，能讓植物園恢復過去的模樣。

多年後的現在， 幾乎只剩下一個最重要的關鍵配方， 就可以為植物們找到治療的解藥了！

怪博士興奮的說明一切， 一邊習慣性的抓抓他那頭已經不能更亂的亂髮， 不時扶一扶他厚厚的黑色粗框眼鏡。 每個人都好奇的東看西看、 東摸西摸， 只有艾迪聽得最專心。

這裡的植物集體發生變異後，公園管理局派來最頂尖的植物學家來為植物治療。

要怎麼治療？

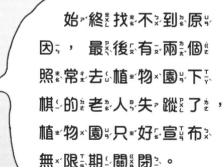

把根挖起來研究，把泥土和空氣帶走分析，把葉子、種子和花瓣放在顯微鏡底下檢查……

找到原因了嗎？

唉～

始終找不到原因，最後有兩個照常去植物園下棋的老人失蹤了，植物園只好宣布無限期關閉。

協尋
米拉旦

協尋
巴克

這些植物，意外得了一種容易激動的怪病，是傳說中的「動物病」。

其中一個病症是，被折斷或被摘下來，就會覺得受到攻擊而拚命生長，甚至攻擊刺激它們的人。

卡卡娜植物園小傳

伍利·卡卡娜是一個好女巫，她擁有能跟植物溝通的魔法。自家後院的花園越來越大，最後變成一座植物園。有一年的冬天，氣溫創下三百年來的最低紀錄⋯⋯

更糟的是，植物們還會互相感應，集體變得激動。

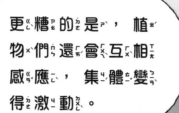

怪博士指著窗外，一臉早就預料到的表情說：

看吧，它們現在應該已經包圍這棟小木屋了！

瓦弟瓦西喧！
阿普累特
阿娃塔密拉
所賜地共沙
色

植物們顯得太沒有精神了，為了讓植物更有活力，女巫卡卡娜施了一個咒語，想讓植物們恢復元氣。沒想到，效力過強，植物都染上一種植物界的不治之症「動物病」。

怪博士滔滔不絕的描述植物發病的狀況，艾迪看了看窗外，說：

呃……可是博士，

那些植物沒……

他試了幾次，就是沒辦法打斷博士的話。

終於，生氣王子生氣了！他氣得瞪著眼、氣得脹紅臉、氣得鼻子都打結了，最後還氣得跳了起來。

直到艾迪在窗邊跳了好幾下，怪博士才終於往窗戶的方向看去。一瞥見艾迪站在窗邊，他急著大喊：

孩子危險！千萬不要靠近窗子啊！

……咦？

怪博士這才發現，那些發狂的植物竟然沒有追過來。他一臉疑惑的說：「太奇怪了，發生了什麼事？」

他想了想，轉身搖晃艾迪的肩膀問：

你們剛才一定「做對了」什麼！

「我ᴗ們ᴗ？ 剛ᴗ才ᴗ？ 做ᴗ對ᴗ……
什ᴗ麼ᴗ？」艾ᴗ迪ᴗ左ᴗ思ᴗ右ᴗ想ᴗ。
　　「請ᴗ再ᴗ仔ᴗ細ᴗ回ᴗ想ᴗ看ᴗ看ᴗ！」怪ᴗ博ᴗ
士ᴗ不ᴗ放ᴗ棄ᴗ， 又ᴗ搖ᴗ晃ᴗ了ᴗ艾ᴗ迪ᴗ的ᴗ肩ᴗ
膀ᴗ， 繼ᴗ續ᴗ追ᴗ問ᴗ。

　　於ᴗ是ᴗ記ᴗ性ᴗ好ᴗ的ᴗ艾ᴗ迪ᴗ， 仔ᴗ細ᴗ的ᴗ敘ᴗ
述ᴗ他ᴗ這ᴗ個ᴗ早ᴗ上ᴗ所ᴗ發ᴗ生ᴗ的ᴗ事ᴗ：

　　「…… 早ᴗ餐ᴗ裡ᴗ的ᴗ第ᴗ七ᴗ顆ᴗ堅ᴗ果ᴗ
居ᴗ然ᴗ缺ᴗ了ᴗ一ᴗ角ᴗ， 真ᴗ是ᴗ有ᴗ夠ᴗ
誇ᴗ張ᴗ……

…… 火車，是指在鐵路軌道上行駛的車輛，通常由多節車廂所組成…… 收到大約 10 乘以 15 公分的手抄紙卡片……

不小心睡過站，但這是個意外，畢竟我平常是個非常謹慎的人……

就和山雨小學的師生一起去校外教學，你知道的，我身為王子，對於熱情的民眾……

雖然山雨小學的大家，都覺得艾迪講得真好，幾乎可以當作校外教學小日記的範本了呢。

但是，怪博士不耐煩了，聽了30分鐘又52秒後，

等等　停　停　停　　停　停！

他阻止艾迪繼續說下去：
「麻煩只要說進入植物園以後的事就好了！」

呃好……其實我覺得關鍵可能是有一隻鳥吃了普拉的跳跳糖，然後變回植物……

「啊哈！就是這個了，跳跳糖！」沒等艾迪說完，怪博士就用力拍手說：

還有剩下的跳跳糖嗎？

咘拍！

雙胞胎兄弟翻出背包，讓怪博士把背包角落裡剩餘的跳跳糖都倒了出來，集中在一起。他打開電腦、翻著研究日誌，開始分析計算。雖然緊張得發抖，卻不敢大意。嘴裡唸著：

是了是了，一定就是了……

然後再將跳跳糖分別放入幾個實驗中的試管裡。

好了，可以來試試看了！

69

放入跳跳糖的黃色試管，

捲起一陣白煙， 沒有動靜。

放入跳跳糖的藍色試管， 長出一株豆芽，

也沒有動靜。

放ㄈㄤˋ入ㄖㄨˋ跳ㄊㄧㄠˋ跳ㄊㄧㄠˋ糖ㄊㄤˊ的ㄉㄜ橘ㄐㄩˊ色ㄙㄜˋ試ㄕˋ管ㄍㄨㄢˇ，

動ㄉㄨㄥˋ了ㄌㄜ幾ㄐㄧˇ下ㄒㄧㄚˋ，　爬ㄆㄚˊ出ㄔㄨ一ㄧ隻ㄓ蝸ㄍㄨㄚ牛ㄋㄧㄡˊ，　還ㄏㄞˊ是ㄕˋ
沒ㄇㄟˊ有ㄧㄡˇ動ㄉㄨㄥˋ靜ㄐㄧㄥˋ。

　　最ㄗㄨㄟˋ後ㄏㄡˋ一ㄧ次ㄘˋ機ㄐㄧ會ㄏㄨㄟˋ了ㄌㄜ，　跳ㄊㄧㄠˋ跳ㄊㄧㄠˋ糖ㄊㄤˊ只ㄓˇ剩ㄕㄥˋ
下ㄒㄧㄚˋ一ㄧ點ㄉㄧㄢˇ點ㄉㄧㄢˇ。　怪ㄍㄨㄞˋ博ㄅㄛˊ士ㄕˋ用ㄩㄥˋ發ㄈㄚ抖ㄉㄡˇ的ㄉㄜ左ㄗㄨㄛˇ手ㄕㄡˇ、
抓ㄓㄨㄚ住ㄓㄨˋ他ㄊㄚ發ㄈㄚ抖ㄉㄡˇ的ㄉㄜ右ㄧㄡˇ手ㄕㄡˇ，　所ㄙㄨㄛˇ有ㄧㄡˇ的ㄉㄜ人ㄖㄣˊ連ㄌㄧㄢˊ
呼ㄏㄨ吸ㄒㄧ都ㄉㄡ不ㄅㄨˋ敢ㄍㄢˇ太ㄊㄞˋ用ㄩㄥˋ力ㄌㄧˋ……

　　這一次，跳跳糖落入紫色試管的瞬間，原本冒著泡泡的紫紅色液體，突然平靜了下來，漸漸的變成清澈明亮的水綠色。

成功了！

哈！

成功了！

耶！

耶

太好了！

太好了！

嗚

卡卡娜植物園得救了！

這ㄓ時ㄕ，小ㄒㄧㄠ珍ㄓㄣ珠ㄓㄨ拿ㄋㄚ出ㄔㄨ一ㄧ張ㄓㄤ不ㄅㄨ知ㄓ道ㄉㄠ什ㄕㄣ麼ㄇㄜ時ㄕ候ㄏㄡ寫ㄒㄧㄝ好ㄏㄠ的ㄉㄜ卡ㄎㄚ片ㄆㄧㄢ，交ㄐㄧㄠ給ㄍㄟ怪ㄍㄨㄞ博ㄅㄛ士ㄕ。

找到解藥後，愛咪公主找來忠心耿耿的皇家護衛隊，幫忙從童話世界的大小雜貨店蒐集更多的跳跳糖。

隊長，要快點喔。

公主！

公主，我來了！

耶！

趕快來調製。

艾迪幫忙計算劑量，

阿古力噴出大火溶解跳跳糖，

大家一起合力把跳跳糖攪拌成彩色藥水。

朱瑞福把灑水器架高。

忙了好久，直到老師們看看時間，宣布該回家了。山雨小學的大家跟怪博士道謝，怪博士笑著說：「我才應該謝謝你們！」

怪博士帶領著他們，從小木屋後門的祕密通道走出植物園。

博士再見！

再見！

呼啦！

我們還會再見的。

驚險又刺激的山雨小學校外教學結束了， 艾迪王子回到皇宮。

已經知道艾迪沒有去上學的國王生氣極了。 國王氣得瞪著眼、 氣得脹紅臉、 氣得鼻子打結、 氣得快要噴火！

艾迪趕緊解釋道：

雖然不小心睡過站， 但是我相信， 今天意外的校外教學對成為一位好王子很有幫助！

「而且，我現在已經是山雨小學的榮譽學生了，所以應該去那裡讀書。」說完，艾迪拿出一張榮譽狀，交給國王。上面寫著：

榮譽狀

貴國的艾迪王子，
聰明、善良又機智，
絕對是令人尊敬的奇異
國國王陛下的教育有方。

本校頒予榮譽學生資格

敬祝：
國泰民安，順心愉快！

山雨小學全體師生致贈

看完榮譽狀， 國王的氣消了一大半。 他好奇的問： 「 到底去哪裡校外教學了？ 這麼難得， 還交了朋友。 」

是卡卡娜植物園。

什麼？！ 好女巫伍利‧卡卡娜的植物園？

我小時候去過， 但是已經關閉很久了， 不是嗎？

國王很驚訝， 立刻命令皇家
騎兵隊去調查，

接著說： 「如果你真的幫忙解救
了那座瘋狂植物園， 那麼， 我就答
應你成為山雨小學的學生。 」

沒多久， 皇家騎兵隊回報：
「啟稟國王！ 卡卡娜植物園確實
如王子所說， 已經恢復正常了！

不過還是有些奇怪的現象……

像是……其中幾支灑水器，灑出來的水竟然是……彩色的跳跳糖水。

完

植物恢復正常後， 怪博士離開卡卡娜植物園， 來到山雨小學當自然課老師， 健康課老師大熊先生也就不用再兼任自然課老師了。

各位同學大家好！

歡迎 ❤ 怪博士

耶～

怪博士好！！！

作者簡介

賴曉妍

全職媽媽，兼職作家。寫過幾本親子散文書和幾個繪本故事。最喜歡和孩子們一起打滾、聊天、混日子。偶爾積極起來的時候，就會趕快拿筆寫山雨小學，目前進度第五集。

賴馬

全職爸爸，兼職繪本作家。除了畫畫趕稿，每天花最多的時間在跑步和接送小孩。創作三十年，有《我變成一隻噴火龍了！》、《生氣王子》、《最棒的禮物》等十多部作品，並且非…常…緩…慢…的增加中（樹懶小姐上身）。

小珍珠散落的蔬菜、水果共有 15 種，它們也出現在其他頁面裡，你找到了嗎？

立即購買 >